DRESSLER

Brynjulf Jung Tjønn

Mein Herz hämmert, dass es wehtut

Aus dem Norwegischen
von Katrin Frey

Dressler Verlag · Hamburg

Diese Übersetzung erscheint mit freundlicher Unterstützung
von NORLA, Oslo.

Deutsche Erstausgabe
1. Auflage 2015

Originaltitel: *Så vakker du er*

Aus dem Norwegischen von Katrin Frey
Umschlaggestaltung: Henry's Lodge, Kilchberg
Satz: Dörlemann Satz, Lemförde
Druck und Bindung: GGP Media GmbH, Pößneck
Printed 2015
ISBN 978-3-7915-1999-9

www.dressler-verlag.de

Für Helle, Olav und Ingeborg

IM SOMMER

Am besten kann ich mich an seine gelben Zähne erinnern.
Seine Sachen hingen an ihm herunter wie an einem Kleiderständer.
Lange nicht gesehen, Henrik. Zwinkernd gab er mir die Hand.
Wie ein Schwamm fühlte sie sich an.
Der Bruder meiner Mutter hieß Simon.
In der ersten Ferienwoche lag er tagsüber auf unserem Sofa.
In der ersten Nacht mit Simon unter einem Dach weckte mich ein Wimmern.
Wie von einem angeschossenen Tier.
Ich stand auf und ging in den Flur.
Die Badezimmertür war nicht ganz zu.
Ich sah Simons Rücken.
Er kniete vor der Kloschüssel und übergab sich.
Kotzte sich die Seele aus dem Leib.
Ich sah seine Poritze.
Und die Wirbelsäule, die sich durch seine Haut bohrte.
Die Schulterblätter wölbten sich wie Möwenflügel.
Nachdem er sich ein letztes Mal erbrochen hatte, sackte er auf dem Fußboden in sich zusammen.

Schwer atmend blieb er auf der Seite liegen.
Sein Brustkorb hob und senkte sich.
Ich stand einfach da.
Ich traute mich nicht zu sprechen.
Ich traute mich nicht hinein.
Ich stand nur da und sah ihn an.
Sein nackter Körper schien sich aufzulösen.

Am nächsten Morgen lag Simon mit einem nassen Waschlappen auf der Stirn da.
Ich konnte nur sein Gesicht sehen, denn er war in eine Decke eingewickelt.
Ich setzte mich mit der Zeitung in den Sessel.
Simon öffnete die Augen.
Konntest du meinetwegen nicht schlafen?, fragte er.
Ich hatte einen Kloß im Hals.
Hatte er mich gesehen?
Nein, antwortete ich und legte die Zeitung in den Schoß.
Simon stand vom Sofa auf.
Die Decke hielt er fest. Er schien zu zittern.
Ich vertrage meine Tabletten nicht, sagte er.
Ich nickte.
Simon lächelte.
Die gelben Zähne.
Er war erst einunddreißig.
Und sah aus wie ein alter Mann.
Sein dünnes kurzes Haar klebte verschwitzt am Kopf.
Die Lippen rissig und spröde.
Wollen wir eine Runde spazieren gehen?, fragte er.
Spazieren gehen?
Er nickte.
Aber ich muss mich an dir festhalten, sagte er.

Er trug einen schwarzen Cowboyhut als Sonnenschutz.
Einen weiten Pullover und eine blaue Jogginghose.
Ich hatte ein T-Shirt und Shorts an.
Der Himmel war blau und der Asphalt glühte.
Wir gingen zum Supermarkt.
Simon hielt sich an mir fest. Obwohl er größer war als ich, wog er nicht viel.
Es fühlte sich fast so an, als würde ich meine Skier tragen.
Oder das Skelett aus dem Abstellraum neben dem Klassenzimmer holen.
Er atmete schwer.
Beim Luftholen drang ein Rasseln aus seiner Brust.
Vor dem Supermarkt blieben wir stehen.
Hast du Lust auf ein Eis?, fragte ich.
Er lachte.
Bist du verrückt, Henrik? Eis ist viel zu kalt!
Ich war klitschnass geschwitzt und wusste gar nicht, was er meinte.
Geh ruhig hinein, ich setze mich hierhin, sagte er.
Ich half Simon auf die weiße Bank.
Im Laden nahm ich ein großes Eis aus der Tiefkühltruhe.
Als ich an der Kasse wartete, sah ich ihn durch die Scheibe.
Er war aufgestanden.
Er schien fast davonzufliegen, so leicht und zerbrechlich wirkte er.
Ich ließ das Eis fallen und rannte hinaus.
Simon lag auf dem Boden.

Seine Augen waren geschlossen, aber er atmete.
Aus seiner Nase tropfte Blut.
Seine Haut war schneeweiß.
Die blauen Adern an den Schläfen pulsierten.

Als Simon zum zweiten Mal eine längere Zeit bei uns verbrachte, konnte er sich kaum auf den Beinen halten.
Abends saß ich im Sessel und unterhielt mich mit ihm.
Ich las ihm aus der Zeitung vor.
Und erzählte ihm von Kjersti, einem Mädchen aus meiner Klasse. Kurz vor den Ferien hatte ich sie geküsst.
Jetzt war sie mit ihrer Familie in Italien.
Wie hat es geschmeckt?, fragte er.
Sie zu küssen?
Ja.
Ich weiß nicht.
Doch, Henrik, das weißt du.
Es war warm und weich.
Warm und weich?
Sie hat mir eine Postkarte geschickt, sagte ich.
Auf der Vorderseite war das Kolosseum abgebildet.
Warst du schon mal in Rom?, fragte ich.
Simon schüttelte den Kopf.
Nein, aber eigentlich wollte ich mit einem Freund nach Italien und noch in andere Länder fahren.
Quer durch Europa.
In Hostels schlafen und mit schönen Frauen feiern gehen.
Das war letztes Jahr, als ich krank wurde.
Deshalb ist nichts daraus geworden.
Woran hast du gemerkt, dass du krank bist?, fragte ich.
Ich habe es einfach gespürt, in der Brust, im Rücken und im Kopf.

Als ob mich jemand gepackt und zugedrückt hätte.
Ganz fest und lange.
Als wäre ich ihm vollkommen ausgeliefert.
Es hat nur noch wehgetan, die ganze Zeit, Tag und Nacht.
Simon musste husten.
Wo tut es am meisten weh?, fragte ich.
Im Kopf, antwortete Simon.

An manchen Tagen ging es Simon besser.
Er konnte im Garten unter dem Sonnenschirm sitzen.
Er konnte ein bisschen Grillfleisch essen, wenn Mutter es ihm klein schnitt.
Er konnte Limo mit dem Strohhalm trinken.
Er konnte ein bisschen Eis lecken.
Er konnte stundenlang im Liegestuhl schlafen.
Ganz ohne Schmerzen.
Das brachte meine Mutter zum Weinen.
Ihre Arme zitterten, ihr Blick verschwamm.
Als es Nacht wurde, trug meine Mutter Simon ins Haus.
Sie brachte ihn die Treppe hinauf und ins Schlafzimmer.
Die Matratze schien kaum zu bemerken, dass Simon auf ihr lag.
Als schwebte der dünne zarte Körper einige Zentimeter über ihr.

In diesem Sommer ging meine Mutter nicht ins Büro.
Sie versteckte sich nicht hinter Stapeln von Ordnern und Büchern.
Saß nicht am Schreibtisch und schrieb lange Texte.
Sie stand auch nicht vorm Spiegel und übte Vorträge.
Meckerte nicht mit mir, wenn ich sie störte.
Ihre schicken Klamotten ließ sie im Schrank.
Manchmal waren ihre Haare fettig oder zerzaust.
Das Gesicht ungeschminkt.
All die Brote, die sie schmierte und die dann doch niemand aß.
Abends suchte sie im Internet nach alternativen Behandlungsmethoden.
Schickte Mails an Ärzte und Heiler.
Checkte ständig ihren Posteingang.
Druckte endlose Dokumente aus und ackerte sie durch.
Falls die Ärzte nicht alles versuchen würden.
Die ganze Zeit war sie hier.
Sie sah mich.
Aber sie sagte nichts.
Sie konnte mir gegenübersitzen und mich anstarren.
Und trotzdem nicht zuhören.
Ich kann mich nicht erinnern, sie je so gesehen zu haben.
So anwesend.
Und doch ganz weit weg.

Einmal kam sie abends in mein Zimmer.
Mit der Kaffeetasse in der Hand.
Ungekämmt.
Müde.
Als sie gähnte, sah ich, wie sehnig und dünn sie war.
Fast wie Simon.
Manchmal dachte ich, dass meine Mutter nichts aß.
Wegen Simon.
Als wollte sie wie er sein.
Solange Simon krank war, wollte sie nicht gesund sein und zunehmen.
Sie stellte die Kaffeetasse auf meinem Schreibtisch ab.
Bist du wieder bei Facebook?, fragte sie.
Ich nickte.
Mit wem chattest du?
Mit Sverre und einem Mädchen aus meiner Klasse.
Mit einem Mädchen? Wie heißt sie?
Kjersti.
Sie macht Urlaub in Italien.
Kann ich ein Bild von ihr sehen?
Ich klickte auf ihr Profil.
Da rief er aus seinem Zimmer.
Meine Mutter zuckte zusammen.
Ich blieb sitzen.
Das Würgen.
Das Wimmern.
Die sanfte Stimme meiner Mutter.

Eines Nachts wurde ich wieder von einem Wimmern geweckt.
Ich ging in den Flur, aber im Bad brannte kein Licht.
Simons Zimmertür stand einen Spaltbreit offen.
Eine Hand ragte heraus.
Ich öffnete die Tür und schrie.
Simon lag in seinem Erbrochenen.
Er bewegte die Beine.
Wie eine halbtote Wespe.
Wenn du ihnen den Kopf abschneidest, krabbeln die Beine weiter.
Meine Mutter machte das Licht im Flur an und kam zu uns.
Du musst ihm den Kopf halten, sagte sie.
Ich kniete mich neben ihn und hob Simons Kopf.
Aus seinem Mund lief noch immer eine gelbrote Flüssigkeit.
Ich verstand nicht, wo das alles herkam.
Er aß kaum und trank fast nichts.
Es war, als ob er seine eigenen Organe erbrach.
Als würde er seine Gedärme, seinen Magen, die Lunge und das Herz herauswürgen.
Und bald war da nichts mehr zum Auskotzen.
Bald war er leer.
Bald würde er nur noch aus Haut und Knochen, Haaren und gelben Zähnen bestehen.
Meine Mutter rief den Notarzt.

Dann setzte sie sich neben mich und legte Simons Kopf auf ihren Schoß.
Sie strich Simon über das Gesicht. Ein paarmal öffnete er die Augen.
Und sah mich an.
Er schien etwas sagen zu wollen, aber dann machte er die Augen wieder zu.
Als wäre das Atmen schon anstrengend genug.
Wir hörten den Krankenwagen.
Gott sei Dank, sagte Mutter.
Ich lief, so schnell ich konnte, die Treppe hinunter und machte den Rettungssanitätern auf.
Sie hatten eine Trage dabei, aber die wurde nicht benötigt.
Einer der Männer hob Simon hoch.
Meine Mutter und ich fuhren hinterher.
Im Krankenhaus schickten sie uns wieder nach Hause.
Wir könnten im Moment nichts tun.

Zu Hause legte ich mich aufs Sofa.
Ich deckte mich fest zu.
Ich sah an die Zimmerdecke.
Ich summte ein Lied, das Simon mir vorgesungen hatte.
Ich dachte an Kjersti.
In zwei Tagen würde sie aus Italien zurückkommen.
Mir fiel ein, was ich Simon erzählt hatte. Dass wir uns geküsst hätten.
Wir hatten uns nicht geküsst.
Ich hatte gelogen.
Als ich daran dachte, musste ich weinen.

Ein paar Nächte zuvor war ich in sein Zimmer gegangen.
Ich war von einer Stimme geweckt worden, die sang.
Es war Simon.
Ich legte mich neben ihn und lauschte dem geflüsterten Lied.
Es war keine bekannte Melodie, aber sie klang schön und stockend zugleich.
Später habe ich versucht, mir die Melodie ins Gedächtnis zu rufen, aber sie fiel mir nicht mehr ein.
Trotzdem weiß ich, dass es das schönste Lied war, das ich jemals gehört habe.
Wie läuft es mit Kjersti?, fragte er.
In einer Woche kommt sie wieder, sagte ich.
Glaubst du, ihr kommt zusammen?
Ich hoffe es.
Wie sieht sie aus?
Sie hat lange dunkle Haare und braune Augen.
Klingt, als wäre sie schön.
Das ist sie auch.
Es wurde so still, dass ich dachte, Simon wäre eingeschlafen.
Plötzlich sagte er: Als ich jung war, noch vor deiner Geburt, da wäre ich beinahe ertrunken.
Wirklich?, fragte ich.
Der See war riesig, so groß wie der Himmel, jedenfalls schien es mir damals so.

Wir waren im Urlaub.
In Dänemark.
Camping.
Mein Vater wollte angeln gehen, deine Mutter und ich wollten baden.
Ich sprang ins Wasser.
Mit offenen Augen.
Es war schön dort unten.
So klar.
Als könnte ich ins Innere des Wassers schauen.
Ins Innere der Welt.
Als sähe ich alles Leben dort unten.
Es war, als hätte ich mich selbst vergessen.
Als hätte ich die Zeit vergessen.
Als hätte ich vergessen zu atmen.
Plötzlich sank ich.
Noch tiefer.
Kam nicht mehr hoch.
Ich wollte mich mit den Füßen abstoßen.
Ich wollte mich mit Armen und Händen hochziehen.
Aber ich sank immer weiter nach unten.
Schließlich stand ich auf dem Grund.
Spürte die spitzen Steine unter den Fußsohlen.
Ich stand einfach da, unter Wasser, und guckte hinauf.
Ganz oben sah ich die Sonne.
Groß und rund, gelb und stark.
Hat es wehgetan?

Nein, daran kann ich mich nicht erinnern. Es hat nur im Kopf gekribbelt und in den Ohren gerauscht.
Dann lag ich an Land und spuckte Wasser.
Deine Mutter beugte sich über mich, klatschte mir ins Gesicht und rief meinen Namen.
Aber ich hörte nichts.
Da war nur das Rauschen, nur die Sonne, nur das Kribbeln in meinem Kopf.
Hat meine Mutter dich gerettet?
Ja, sie hat mich aus dem Wasser gezogen.
Es wurde wieder still.
Ich hatte das Gefühl, ein ganzes Meer verschluckt zu haben, während ich auf dem Grund stand.
Und jetzt scheine ich alles wieder auszukotzen, was ich damals verschluckt habe.

Das Licht am Morgen erinnerte an ein weißes Laken.
Ich stand nur in kurzer Hose im Garten.
Ich überlegte, was ich zu Kjersti sagen würde, wenn sie nach Hause kam.
Das erste Wort.
Welches sollte es sein?
Das Gras kitzelte mich an den Fußsohlen.
Als würde es wachsen, während ich darauf stand.
Als wollte es sich durch meinen Fuß bohren.
Meine Mutter war im Krankenhaus. Ohne mich.
Es ist kein schöner Anblick, sagte sie.
Du würdest nur traurig werden.
Was willst du dort machen?, fragte ich.
Nachsehen, ob es ihm gut geht.
Geht es ihm gut?
Ich weiß nicht, er kann ja nicht reden.
Warum gehst du dann hin?
Darum.
Wirst du nur an seinem Bett stehen?
Meine Mutter nickte.
Das Wichtigste ist, dass ich da bin, falls er aufwacht.
Irgendwie ärgerte mich das.
Wie sie mich abwies.
Und mich nicht selbst entscheiden ließ.
Ich ging ins Haus und öffnete eine Flasche Limo.
Der Orangengeschmack und die Kohlensäure munterten mich ein wenig auf.

Kjersti.
Im Sommer war sie immer so braun.
Die Sommersprossen auf ihrem Nasenrücken.
Ich konnte sie nicht ansehen, ohne heiße Ohren zu bekommen.
Und feuchte Hände.
Im Sommer trug sie Kleider.
Am ersten Ferientag nach der zehnten Klasse legte sie ihren Kopf auf meine Schulter.
Sie sagte, ihr wäre kalt.
Wir hatten im Fjord gebadet.
In ein Handtuch eingewickelt stand sie da.
Aus ihren nassen Haaren tropfte das Wasser auf den Kai.
Auf dem hellen Beton sahen die Spritzer aus wie Sommersprossen.
Sie zitterte.
Ich fühlte die kalte, braun gebrannte Wange an meiner Schulter.
Ich roch ihr nasses Haar.
Ich spürte das nasse Handtuch an meinem Oberkörper und meinem Bauch.
Ich hatte Lust, sie zu umarmen, aber ich traute mich nicht.
Lange standen wir so da.
Gefühlt standen wir den ganzen Sommer so da.
Während die Sonne unterging und wieder aufging und der Herbst kam.
Dann hob sie den Kopf und lächelte mich an.

Sie fragte, ob wir uns ein Eis holen sollten.
Mir ist wieder warm, sagte sie.
Ich nickte, obwohl ich am ganzen Körper fror.
Kjersti.
Wir fuhren mit dem Rad, sie voran, ich hinterher.
Sie hatte das weiße Kleid mit den hellblauen Blumen an.
Der Stoff flatterte im Wind.
Wie frische Wäsche auf der Leine.
Im Laden kauften wir Eis.
Was machst du im Sommer?, fragte sie.
Meine Mutter und ich bekommen Besuch, sagte ich.
Besuch? Von wem?
Von Simon, meinem Onkel.
Und du? Was machst du diesen Sommer?, fragte ich.
Ich fahre nach Italien.
Warst du schon mal in Italien?
Ich schüttelte den Kopf.
Ich wusste kaum, wie es in Italien aussah.
Nur, dass sie dort gut Fußball spielten.
Dass die Spieler lange dunkle Haare hatten und blaue Trikots trugen.
Dass sie Pizza und Pasta aßen.
Dass es dort Mafiosi gab, die sich gegenseitig umlegten.
Wegen Geld.
Nimm dich vor der Mafia in Acht, sagte ich.
Kjersti grinste.
Ich schreibe dir eine Karte, sagte sie.

Ich ging ins Gästezimmer.
Simons Sachen waren noch in seinem Koffer.
Auf dem Nachttisch lagen das iPad und ein Buch.
Ich berührte die Oberfläche des iPads.
Auf dem Bildschirm erschien ein Foto von Simon und mir.
Wir hatten Cowboyhüte auf.
Im Hintergrund war das Zelt zu sehen, das wir mitten im Wald aufgeschlagen hatten.
Simon hatte sich einen Bart wachsen lassen, weil Frauen das angeblich sexy fanden.
Hatte er überhaupt schon mal eine Freundin gehabt?
Er spielt sich nur auf, sagte meine Mutter einmal.
Er erzählt von Frauen, mit denen er sich trifft, aber das ist alles Unsinn.
Ich musste grinsen, als ich mich daran erinnerte, wie wir beide mit dem Zelt unterwegs gewesen waren.
Er und ich alleine.
Der Boden roch frisch gewischt.
Auf dem Bett lagen Zeitungen, ein Pulli und ein Kästchen mit verschiedenen Tabletten drin.
Ich legte mich aufs Bett und schloss die Augen.
Ich stellte mir vor, ich wäre Simon.
Nachts hustete ich Blut und fror sogar im Sommer in der Sonne.
Ich hatte keine Kraft, ich konnte nicht gehen, ich schaffte gar nichts.
Ich lag einfach nur da.

Meine Arme kraftlos neben mir.
Meine Beine kraftlos auf dem Laken.
Ich starrte an die Decke, in der Lampe surrten drei Fliegen.
Ich stand auf und ging nach draußen.
Das nassgeschwitzte T-Shirt klebte an meinem Rücken.
Ich setzte mich mit der Gitarre hin und übte ein paar neue Griffe, aber meine Finger verhaspelten sich.
Hin und wieder checkte ich Facebook und Instagram.
All die Bilder, die Kjersti postete.
Lächelnd in Italien.
Weit weg von mir.
Ich hörte meine Mutter die Haustür auf- und wieder zumachen.
Jedes Mal zitterten die Wände.
Auf dem Fußboden volle Einkaufstüten.
Den Autoschlüssel hatte sie auf die Arbeitsfläche geworfen.
Ich ging die Treppe hinunter.
Mutter füllte den Kaffeefilter.
Möchtest du auch einen Kaffee?, fragte sie, ohne mich anzusehen.
Du weißt doch, dass ich keinen Kaffee trinke, antwortete ich.
Meine Mutter schaltete die Kaffeemaschine ein und räumte die Lebensmittel in den Kühlschrank.
So ruhig, so konzentriert: ein Produkt nach dem anderen, jedes wurde sorgfältig platziert.

Die Kaffeemaschine pumpte das Wasser durch das Pulver und den Filter.
Das Plätschern erinnerte mich an Blut, das durch Adern fließt.
An ein Herz, das Blut durch einen Körper pumpt.
Uns am Leben hält.
Wie geht es ihm?, fragte ich.
Wie vorher, sagte meine Mutter.
Sie knüllte die Tüten zusammen und stopfte sie in eine Schublade.
Ich dachte: Mehr hast du nicht zu erzählen?
Du warst den ganzen Tag weg, und das ist alles, was du mir zu sagen hast?
Bald werde ich Simon verlieren.
Hast du Hunger?, fragte sie.
Ich antwortete nicht.
Stimmt was nicht?, fragte Mutter.
Er gehört dir nicht allein!, rief ich und rannte hinauf in mein Zimmer.

Mutter klopfte an meine Tür.
Ich wollte nicht aufmachen.
Ich dachte lieber an Kjersti, an ihre Kleider und die Sommersprossen auf ihrer Nase.
An ihre schöne glatte Haut.
An ihr Lächeln, die schmalen Lippen.
Morgen würde sie zurückkommen.
Ich musste sie küssen, bevor ich Simon wiedersah.

Am nächsten Morgen nahm ich den Bus an den Kai. Mutter war ins Krankenhaus gefahren, als ich noch im Bett war.
Ich sah Sverre die Angel auswerfen.
Er hatte einen schwarzen Südwester, eine Regenjacke und Gummistiefel an.
Ich trug auch eine Regenjacke, aber keine Gummistiefel, sondern Turnschuhe.
Als ich seinen Namen rief, drehte er sich um.
Hast du deine Angel nicht dabei?, fragte er.
Die habe ich nicht gefunden, sagte ich.
Na klar, seufzte er.
Ich stellte mich neben Sverre und schaute aufs Wasser.
Wir sind am selben Tag geboren.
Im selben Krankenhaus.
Unsere Mütter lagen in einem Zimmer.
Aber er ist größer als ich.
Und muskulöser.
Seine blonden Locken sehen aus wie Hobelspäne.
Wir sind beinahe Brüder, hat er gesagt.
Beinahe Zwillinge.
Sverre zog die Angelschnur wieder ein.
Am Haken war nichts.
Salzwasser tropfte mit dem Regen auf den Kai.
Ich hatte nasse Füße.
Sverre beugte sich hinunter und holte eine Dose aus seinem Rucksack.
In der lockeren Erde krochen Regenwürmer herum.

Er zog einen heraus und spießte ihn vorsichtig auf den Haken.
Willst du mal?
Ich nickte und griff nach der Angel.
Warf die Schnur in den Fjord.
Ich dachte an Simon, der auf den Grund sank.
Daran, wie er als Kind fast ertrunken wäre.
Ich dachte an das viele Wasser, das er wieder ausspucken musste.
Ich dachte an seinen zarten Körper.
In einem Krankenhausbett.
Wusste er, wo er sich befand?
Wusste er, was los war?
Mutter sagte, er sei nicht ansprechbar.
Sein Blick lasse sich nicht auffangen.
Fast wie bei einem Neugeborenen.
Wie damals, als ich dich zum ersten Mal im Arm hielt, sagte sie.
Du lagst da und gucktest direkt an mir vorbei.
Es zuckte in meinen Händen.
Die Angelrute bog sich nach unten.
Ich verlor fast das Gleichgewicht und kurbelte wie verrückt.
Kurz darauf lag ein zappelnder Lumb auf dem Kai.
Der Schwanz klappte von der einen Seite auf die andere.
Wie ein Scheibenwischer.
Willst du ihn nicht töten?, fragte Sverre.

Ich antwortete nicht.
Sverre beugte sich hinunter, hielt ihn mit beiden Händen fest und brach ihm das Genick.
Ich starrte in das glänzende Fischauge.

Wir setzten uns unter das Dach der Imbissbude und aßen Würstchen.
Der einzige Fisch, den wir behalten hatten, lag blutig und kalt in einer Plastiktüte.
Von dem Geruch und den Würstchen wurde mir schlecht.
Ich erzählte Sverre von Kjersti.
Dass sie am Abend zurückkam.
Weißt du, wann genau?
Nein. Spät, glaube ich.
Willst du sie nicht anrufen?
Sie anrufen?
Ja.
Als ob du dich das trauen würdest.
Ich bin ja auch nicht verknallt, sagte Sverre mit vollem Mund.
Schick ihr doch eine Nachricht auf Facebook, du Feigling.
Sverre leckte sich die Finger ab.
Wir haben vor ein paar Tagen gechattet, aber ich habe vergessen zu fragen, wann sie landet.
Scheiß drauf, vielleicht lässt du sie sowieso besser zappeln.
Sie zappeln lassen?
Warum nicht?
Wozu alles verkomplizieren?
Mädchen mögen keine Feiglinge.
Sverre stand auf und ging los.
Ich hatte Lust, ihm etwas hinterherzurufen.
Stattdessen blickte ich auf den Fjord hinaus.

Ich stellte mir vor, das Wasser wäre ein Maul, das sich im Laufe des Tages öffnete.
Und allmählich das Sommerlicht verschlang.
Nachts war es im Fjord daher hell.
Und die Fische feierten ein Fest.
Denn dann stand niemand am Kai und warf Angeln mit zappelnden Regenwürmern aus.
Kommst du endlich?, rief Sverre.

Bei Sverre zu Hause ging es anders zu als bei uns.
Bei Sverre zu Hause saß die Mutter im Arbeitszimmer und schrieb Reden am Computer.
Sein Vater stand im Wintergarten und malte.
Nur in der Unterhose stand er da, Oberkörper und Arme waren mit Farbe beschmiert.
Er drehte sich um und begrüßte mich.
Im Kühlschrank sind noch Reste vom Mittagessen.
Die kleinen Zwillingsbrüder rannten herum.
Verkleidet als Käpt'n Säbelzahn und Langemann, sein ewiger Schatten.
Sie segelten mit der Dark Lady über die sieben Weltmeere.
Bei Sverre zu Hause herrschte niemals völlige Stille.
Bei Sverre zu Hause lag kein Kranker auf dem Sofa.
Bei Sverre zu Hause wand sich kein nackter Onkel auf dem Badezimmerfußboden.
Oder spuckte mitten in der Nacht Blut.

Wir loggten uns bei Facebook ein.
Wir klickten uns durch die Profile der hübschesten Mädchen auf unserer Schule.
Als wir Kjersti ansahen, bekam ich heiße Ohren.
Sie hatte ihr Profibild erneuert.
Im Hintergrund das Kolosseum.
Sie trug einen Pferdeschwanz.
Sommersprossen auf der Nase.
Ihr Wangen waren gerötet, ihr Gesicht braun gebrannt.
Sie schrieb, dass sie Rom liebe.
Dass sie jeden Tag entweder Pizza oder Pasta gegessen habe.
Und nicht zurück nach Norwegen wolle.
Sie wolle lieber in Rom bleiben.
Auf ihrer Pinnwand war gepostet, dass sie Italienisch lernen und nach Italien ziehen werde, wenn sie erwachsen sei.
Es ist so schön hier, schrieb sie.
Ich richtete mich auf.
Wollte sie nicht nach Hause?
Vermisste sie denn niemanden hier in Norwegen?
Sverre sah mich an.
Er verdrehte die Augen.
Ich merkte, dass er sich zurückhielt.
Mach dich nicht verrückt, sagte er.
Sie schreibt das nur, weil es ihr gut geht.
Sie freut sich trotzdem darauf, dich wiederzusehen.
Da bin ich mir nicht so sicher.
Ich ärgerte mich ein bisschen über Sverre.

Woher wollte er das so genau wissen?
Sie hat dich nicht vergessen, sie hat dir doch eine Postkarte geschickt.
Das muss nichts bedeuten, vielleicht will sie nur mit mir befreundet sein.
Sverre schaltete den Computer aus und seufzte.
Weißt du was? Wir müssen dich auf andere Gedanken bringen.
Dein Gejammer bringt uns nicht weiter.
Wenn sie dich anruft, darfst du nicht so mies drauf sein.
Und wenn sie nicht anruft?
Dann rufst du sie an.
Als Sverre die Arme ausbreitete, sah ich ein, dass ich lieber den Mund hielt.
Zuerst dein Onkel und jetzt Kjersti.
Du musst irgendwie auf andere Gedanken kommen.
Weißt du was? Wir spielen FIFA.
Wir setzten uns im Wohnzimmer vor den Fernseher.
Jeder mit einem Controller in den Händen.
Wir dribbelten, flankten und nahmen uns gegenseitig den Ball ab.
Schossen Tore, jubelten.
Für ein paar Minuten gab es nichts Wichtigeres auf der Welt.

Meine Mutter holte mich ab. Auf dem Heimweg sagte sie kein Wort.
Ich wagte nicht zu fragen, wie es im Krankenhaus gewesen war.
Ich checkte mein Handy, kein Lebenszeichen von Kjersti.
Am liebsten hätte ich die Autotür aufgerissen und mich während der Fahrt hinausgestürzt.
Warum wollte sie nicht mit mir reden?
Mutter fuhr durch das offene Tor und hielt direkt vor der Treppe zur Haustür.
Den Motor ließ sie laufen.
Hielt das Lenkrad fest umklammert.
Sie wollen die Maschinen abschalten, sagte sie.
Sie wollen, dass er stirbt.
Ihre Nasenlöcher weiteten sich, unter ihren Augen lagen dunkle Schatten.
Die trockenen Lippen bebten.
Die Ärzte wollen Simon sterben lassen?, fragte ich.
Ohne die Maschinen schafft er es nicht, sagte meine Mutter.
Ich habe gesagt, sie sollen sie nicht abschalten.
Er muss doch atmen können, sein Körper braucht den Sauerstoff.
Ich habe gesagt, ich könne doch dort bleiben und ihnen helfen.
Ich könne in seinem Zimmer sitzen und auf ihn aufpassen.
Aber sie behaupten, sie könnten nichts mehr für ihn tun.

Es gehe ihm nicht gut.
Sein Körper möchte sterben, haben sie gesagt. Was meinen sie damit?, fragte meine Mutter.
Sie drehte sich zu mir um.
Woher wollen sie wissen, ob sein Körper sterben möchte?
Woher wollen sie das wissen?
Der Körper kann ja nicht sprechen, Simon kann nicht sprechen, sagte Mutter.
Er liegt einfach da. Wir wissen nicht einmal, ob er uns hört.
Wir wissen nicht, ob er reglos daliegt aber innerlich brüllt, die Ärzte sollen ihn am Leben lassen.
Ob er sie anfleht, die Maschinen nicht abzuschalten. Meine Mutter atmete schwer.
Dann machte sie den Motor aus.

IM VORIGEN WINTER

Simon hustete.
Zog die Decke enger um den schmächtigen Körper.
Er strich sich durchs Haar und trank einen Schluck Kaffee.
Ich saß mit klappernden Zähnen am Ofen und ließ die Wärme in mich einsickern.
Als meine Mutter die Ofenklappe öffnete und zwei Scheite nachlegte, loderten die Flammen auf.
Draußen fielen dicke Schneeflocken vom Himmel.
An diesem Morgen wurde ich in der eiskalten Hütte wach.
Ich setzte mich auf und spürte die Kälte von der Fensterscheibe.
Ich betrachtete die Landschaft: große Felsbrocken und kahle Bäume, fast verdeckt vom Winter.
Weihnachten feierten wir immer in der Hütte.
Meine Mutter, Simon und ich.
Simon fuhr oft schon vor uns hin.
Um in den gepflügten Loipen Ski zu laufen.
Im Sommer war er manchmal wochenlang hier.
Er angelte im See.
Er hackte Holz und stapelte es an der Wand vom Plumpsklo auf.

Ich sah zu, wie sich die Muskeln an seinem Oberkörper anspannten, wenn er die Axt über den Kopf hob und nach unten sausen ließ.
Die Schweißperlen an den Schläfen, die feuchten Haare, die an seiner Stirn klebten.
Hinterher führte er die Wasserflasche an den Mund und trank in großen Schlucken.
Was willst du mal werden?, fragte er manchmal.
Das Gleiche wie du.
Ein Nichtsnutz also, grinste Simon.
Als ich klein war, rannten wir zusammen zwischen den Bäumen umher und fingen Wespen und Hummeln.
Wir sperrten sie in Marmeladengläsern ein.
Und sahen zu, wie sie darin herumsurrten.
Wie benommen.
Dann holten wir eine nach der anderen heraus.
Trennten die Köpfe von den Körpern.
Sie surrten immer noch.
Bis sie ganz plötzlich verstummten.
Diesen Sommer war Simon nicht mit in den Bergen gewesen.
In diesem Sommer ließ er sich nicht blicken.
Mutter sagte, er verlasse kaum noch die Wohnung.
Mutter sagte, er wolle nur allein sein.
Im Herbst fuhren wir zu ihm, aber er machte uns nicht auf.
Im Fenster war Licht zu sehen.

Doch egal, wie lange wir an die Tür klopften und nach ihm riefen, er öffnete uns nicht.
Als Weihnachten näher rückte, versuchte Mutter es wieder, hatte aber kein Glück.
Wir beschlossen, Weihnachten trotzdem in der Hütte zu feiern.
Mutter und ich.
Ein letztes Mal wollte sie es noch probieren.
Auf dem Weg zur Hütte fuhren wir in die Stadt.
Und stiegen die Treppe zu Simons Wohnung hinauf.
Mutter hämmerte an die Tür und brüllte, sie werde sie eintreten, wenn er nicht aufmache.
Aber es passierte nichts.
Da hörte sie auf.
Sie ließ sich mit dem Rücken an der Tür hinunterrutschen und fing an zu weinen.
Ich lehnte am Treppengeländer und wusste nicht, was ich tun sollte.
Dann klickte das Schloss und die Tür ging langsam auf.
Simon stand vor uns.
Ich erkannte ihn fast nicht wieder.
Seine Lippen waren so trocken wie Papier.
Sein Haar spröde und stumpf.
Die Haut so weiß, dass sie fast leuchtete.
Das Treppenhaus wirkte gleich ein bisschen heller, als er in der Tür stand.
Mutter half ihm, seinen Rucksack zu packen.

Auf der Fahrt in die Berge hörten wir Radio.
Ich saß hinten und betrachtete die spärlichen Haare in Simons Nacken.
Es kam mir vor, als säße dort ein Fremder.
Als wäre er vielleicht gar nicht mein Onkel.
Vielleicht war nachts jemand in seine Wohnung eingedrungen.
Hatte ihn beseitigt und sich sein Leben angeeignet.
Er sah aus, als hätte er seit Monaten nichts gegessen.
Er schien sich verpuppt zu haben wie eine Raupe.
Als Mutter und ich kamen, durchbrach er seinen Kokon.
Mit einem Schmetterling hatte er allerdings keine Ähnlichkeit.

Allmählich hatten die Flammen im Ofen die Hütte erwärmt.
Wir saßen schweigend am Frühstückstisch.
Simon rührte das Essen kaum an.
Ab und zu knabberte er an seinem Brötchen. Wie ein Vogel.
Er kaute langsam, trank einen Schluck Kaffee und guckte aus dem Fenster.
Willst du Ski fahren?, fragte Mutter.
Vielleicht, antwortete Simon.
Und du, Henrik?
Doch, wieso nicht. Ich nickte.
Wir zogen uns an.
Mutter holte die Skier aus dem Schuppen. An den Unterseiten klebte noch das alte Wachs.
Normalerweise entfernte Simon es und wachste die Skier neu.
Diesmal machte ihn niemand darauf aufmerksam.
Wir schnallten uns einfach die Skier an und gingen hinüber zur beleuchteten Loipe.
Simon lief langsam hinter uns her. Wie ein kleines Kind.
Ich dachte: Beim ersten Windstoß fällt er um.

Ich trug die Axt durch den dichten Wald.
Der Schnee war nass und schwer.
Bei jedem Schritt sackte ich ein.
Mutter und ich mussten dauernd stehenbleiben und auf Simon warten.
Er hatte die Arme vor dem Körper verschränkt, weil er vor Kälte bibberte.
Sein Gesicht verschwand fast vollständig unter der Kapuze.
Hier. Mutter zeigte auf einen kleinen Baum.
Er hatte eine gute Form und die richtige Größe.
Mutter griff nach der Spitze und schüttelte den Schnee ab.
Wer will? Ich hielt die Axt hoch.
Niemand antwortete.
Ich guckte in Simons Richtung, doch der starrte auf den Boden.
Mutter sah abwechselnd mich und Simon an.
Es war so still, dass ich den Schnee rieseln hörte.
Übernimmst du das?, fragte Mutter.
Zumindest kann ich es versuchen. Ich stellte mich vor den Baum.
Vor dem ersten Hieb schaufelte ich rings um den Baum ein wenig Schnee weg.
Die Schneide war stumpf und drang kaum ins Holz ein.
Trotzdem gelang es mir, eine Kerbe in den Stamm zu hacken.
Ich konzentrierte mich auf diesen Spalt und versuchte, ihn zu treffen.

Immer wieder.
Die Rinde platzte auf.
Die Rinde löste sich.
Ich schlug zu, so fest ich konnte.
Mehrere Male.
Meine Wangen brannten.
Es würde nicht mehr lange dauern.
Dann war das Holz gebrochen.
Ein letzter Hieb.
Ich holte aus und spürte, wie die Axt die letzten Holzfasern durchtrennte.
Der Baum fiel um.
Schweißüberströmt kniete ich mich hin.
Mein Herz hämmerte wie wild.
Ich schnappte nach Luft.
Ich streifte die Fäustlinge ab und wühlte mit den nackten Händen im Schnee.
Rieb mir mit dem eisig weißen Winter das Gesicht ab.
Als ich mich umdrehte, sah ich in der Ferne Simon zurück zur Hütte gehen.

Am kleinen Weihnachtsabend vor dem 24. Dezember schmückten wir den Baum mit roten Kugeln und selbstgebastelten Körbchen.
Ich mochte das Baumschmücken nicht, weil ich mir dabei immer wehtat.
Mutter bereitete die Rippchen für den nächsten Tag vor: Sie wässerte das salzige Fleisch.
Danach sollte ich wie üblich mit ihr Kartoffeln schälen.
Dazu hörten wir die Weihnachtsplatte von Elvis Presley.
Ohne seine Stimme wurde es nicht Weihnachten.
Plötzlich begann Simon zu zittern.
Er ließ eine rote Kugel auf den Boden fallen.
Sie zerbarst wie ein ausgepustetes Ei.
Dann sackte er in sich zusammen.
Ich war wie versteinert.
Ich hatte keine Ahnung, was Mutter tat.
Ich merkte nur, dass sie hin und her rannte.
Simon liegt auf dem Fußboden und stirbt, dachte ich.
Simon liegt da und gleich stirbt er.
Nun kommt er nie mehr wieder.
Bald ist er so tot wie die Fische, die ihre Schwanzflossen nicht mehr bewegen können.
Die liegen reglos auf dem Kai und starren in die Luft.
Als wollten sie irgendetwas nicht aus den Augen lassen.
Simons Körper erzitterte.
Ist es so, wenn jemand stirbt?
Ist es so, wenn der Tod einen Menschen schüttelt?

Der Tod bebt, bis man keine Luft mehr bekommt.
Bis das Herz stehen bleibt.
Bis kein Blut mehr durch die Adern strömt.
Dann hockte sich Mutter neben Simon.
Er öffnete die Augen, sein Körper hatte aufgehört zu zittern.
Ganz ruhig lag sein Kopf in ihrem Schoß.
Wir legten Simon in sein Bett.
Gaben ihm zu trinken.
Er wollte nichts essen.
Ich ging nach draußen.
Der weiße Schnee, wie unbeschriebenes Papier im Lichtschein von der Hütte.
Ich setzte mich auf die Treppe.
Die Kälte kroch mir in die Knochen.
Ich brauchte Luft.
Ich sah in den Himmel.
Von den vielen Sternen wurde mir schwindlig.
Ich ging wieder hinein ins Warme.
Mutter machte den Abwasch.
Dass er das vor uns geheim gehalten hat, sagte Mutter.
Dass er seiner Familie nicht davon erzählen konnte.
Mutter schüttelte den Kopf und trank einen Schluck Wasser.
Wie ernst ist es?, fragte ich.
Sehr ernst, antwortete Mutter.
Simon rief aus seinem Zimmer.
Ich will nach Hause, sagte er.

Ich will nach Hause, wiederholte er.
Seine knochigen Finger lagen auf der weißen Bettdecke.
Sie krümmten sich und zitterten ein bisschen.
Ich sah, wie sein Bauch sich senkte und wieder aufblähte.
Die Decke flatterte wie ein weißer Umhang auf einer Wäscheleine im Garten.
Ich erinnerte mich an einen Sommer, den wir in der Hütte verbracht hatten, als ich klein war.
Meine erste Angeltour.
Simon zeigte mir, wie man den Wurm auf den Haken spießt.
Ich weiß noch, wie schwierig es war, die Spitze in den schleimigen Wurm zu bohren.
Und wie er sich ringelte und wand, als es mir gelungen war.
Simon sagte, ich sei jetzt groß genug, um allein in der Natur zu überleben.
Ich bräuchte nur eine Angel und eine Dose Würmer.
Dann warfen wir die Schnur aus.
Ich weiß noch, dass ich zwei oder drei Fische fing.
Am Abend grillten wir sie.
Beim Essen suchte ich nach den toten Würmern.
Simon sagte lachend, die befänden sich in den Mägen, aber wir hätten die Fische ja ausgenommen.
Alles, was ich wissen musste, lernte ich von Simon.
Und nun war das Leben selbst schon zu viel für ihn.

Wir packten die Geschenke wieder ein.
Setzten uns in Auto.
Simon dämmerte auf der Rückbank vor sich hin.
Die Reifen rollten über Winterstraßen.
Die Berge hinunter.
Außer uns war an diesem Abend niemand unterwegs.
In den Fenstern sahen wir die geschmückten Weihnachtsbäume.
Ich sah Familien, die zusammen zu Abend aßen.
In den Gärten sah ich Schneemänner.
Und wir fuhren nach Hause.
Mutter machte Musik an.
Wahrscheinlich um sich abzulenken, dachte ich.
Mit der Musik wollte sie ihre Gedanken beseitigen.
Damit sie ihre eigenen Gedanken nicht denken musste.

Einmal gingen Simon und ich zusammen zelten.
Er hatte Cowboyhüte für uns gekauft.
In dem Herbst trug er einen Bart.
Er wolle mal ausprobieren, sagte er, ob das den Mädels gefiel.
Mit Bart würde er vielleicht eine Freundin finden.
Er wirkte ein bisschen älter damit.
Frauen stünden auf ältere Typen, die viel Geld verdienten.
Deshalb wollte er Börsenmakler werden.
Er ging auf die Handelshochschule, um alles über Geld und Aktien zu lernen.
Er wollte ein Anzugträger werden.
In ein paar Jahren wären die Mädchen verrückt nach ihm, weil er so viel Geld verdiente.
Die Hübschesten würde er in der Stadt zu einem Drink einladen.
Diejenige, die ihm am besten gefiel, würde er mit in seine Wohnung nehmen.
Und ihr ins Ohr flüstern, sie sei die Schönste, die er je gesehen habe.
Am nächsten Morgen würde er sagen, er wolle sich bei ihr melden.
Doch das würde er nicht tun.
Sich zu verlieben ist Unsinn, sagte er.
Wie meinst du das?, fragte ich.
Wenn du dich verliebst, kannst du nur noch an dieses eine Mädchen denken.

Dann wirst du ein Schlappschwanz und dackelst die ganze Zeit hinter ihr her.
Und falls sie dich nicht will, tut es so weh, dass du wünschtest, du wärst tot.

Die Zweige an den Bäumen sahen abends wie Spinnweben aus.
Der Mond folgte uns.
Einige Male verlor er uns aus den Augen.
Doch sobald der Wald sich lichtete, hatte er uns wieder.
An einem Bach schlugen wir unser Lager auf.
Der Boden war voller Moos und Tannennadeln. Regen lag in der Luft.
Ich spürte ein paar Tropfen auf Nase und Stirn.
Meine Stiefel glänzten.
Simon zeigte mir, wie man ein Zelt aufbaut. Er brauchte nicht lange.
Bald lagen wir in den Schlafsäcken.
Die Dunkelheit hatte den Regen aus der Reserve gelockt.
Er prasselte unaufhörlich aufs Zelt.
Simon warf einen Blick auf sein Handy. Das Display leuchtete so schön.
Am nächsten Morgen wachten wir früh auf.
Ich rieb mir die Augen und ging pinkeln.
Es hatte aufgehört zu regnen, aber alles war klamm.
Wir gingen ans Wasser, um zu angeln, hatten aber keinen Erfolg.
Später machte Simon ein Feuer, obwohl das Holz, das wir gesammelt hatten, feucht war.
Wir wärmten eine Dose Bohnen in Tomatensauce auf und rösteten Käsebrote.
Du und ich, wir sind jetzt Cowboys, sagte Simon.

Nach dem Frühstück stiegen wir auf einen Hügel, von dem man einen Teil der Stadt überblicken konnte.
Ich war erschöpft und verschwitzt, aber ich mochte das Gefühl, unterwegs zu sein.
Das Gefühl, als wäre der ganze Körper in Bewegung.
Als würde jeder einzelne Muskel einen Beitrag leisten, damit man vorankam.
Normalerweise hatte ich beim Wandern nicht den Gedanken, der Körper müsse arbeiten.
Aber jetzt gefiel er mir. Vor allem gefiel mir, dass ich mit Simon unterwegs war.
Auf dem Hügel zündete Simon sich eine Zigarette an.
Ich konnte mir vorstellen, mehrere Tage im Wald zu verbringen.
Als wir uns das nächste Mal sahen, hatte Simon sich den Bart fast vollständig abrasiert.
Die Frauen mochten wohl doch keine Bärte.

IM SOMMER

Dann stand sie da.
Kjersti.
Keine hatte so schöne Haare wie sie.
Keine trug so ein schönes, leuchtend gelbes Kleid wie sie.
Keine war so braun gebrannt wie sie.
Sie stand in der Tür.
Und ich trug den hässlichsten Bademantel der Welt.
Ich hatte gerade geduscht und meine Haare trockengerubbelt.
Es war schon spät, aber sie lächelte mich einfach an.
Keine lächelte so schön wie sie.
Was machst du denn hier?, hätte ich sie am liebsten gefragt.
Ich bekam aber kein Wort heraus.
Wolltest du gerade ins Bett gehen?, fragte Kjersti.
Ich schüttelte den Kopf.
Nein, ich habe nur geduscht.
Das Flugzeug ist spät gelandet, sagte sie.
Wir sind erst seit drei Stunden zu Hause.
Ich habe versucht, dich anzurufen, aber du bist nicht ans Telefon gegangen. Da bin ich stattdessen hergekommen.
Ist das okay für dich?, fragte sie.

Es pochte in meinen Brustkorb.
Ich merkte, wie ich rot anlief.
Ich wollte sie unbedingt küssen.
Ich wollte sie unbedingt in meine Arme nehmen und sie küssen.
Soll ich gehen?, fragte sie plötzlich.
Gehen? Willst du schon gehen?, fragte ich.
Du hast nicht geantwortet.
Du bist so still.
Und du siehst ein bisschen blass aus.
Bist du krank?, fragte sie.
Nein, nein, ich will nicht, dass du gehst.
Schweiß trat mir auf die Stirn.
Und ich bin auch nicht krank.
Mir ist nur heiß.
Möchtest du reinkommen?
Kjersti lächelte.
So schön wie keine andere.

Was macht man, wenn man ein wunderschönes Mädchen zu Besuch hat?
Möchtest du etwas zu trinken?, fragte ich.
Vielleicht ein Glas Wasser, antwortete Kjersti.
Und hast du Hunger?
Nein danke, ich habe gerade gegessen.
In der Küche schenkte ich ihr ein Glas Wasser ein.
Kjersti ging ins Wohnzimmer.
Wir setzten uns aufs Sofa. Ich spürte die Wärme ihres Körpers.
Ich passte auf, dass der Bademantel nicht aufklappte.
Wie war es denn in Italien?, fragte ich.
Großartig, sagte Kjersti.
Die besten Ferien meines Lebens.
Hast du dich vor der Mafia in Acht genommen?
Kjersti grinste.
Die Sommersprossen auf ihrer Nase waren überdeutlich zu sehen.
So dicht neben mir wirkte ihr Körper noch schmaler.
Sie sah auf die Uhr und biss sich auf die Lippe.
Ich glaube, ich muss wieder nach Hause. Ich habe gesagt, ich gehe nur kurz raus.
Ich nickte. Eigentlich wollte ich sie umarmen.
Sie festhalten.
An ihrem Haar riechen.
An ihrer Haut.
Ich wollte wissen, wie ihre Lippen schmecken.

Ich begleitete sie nach draußen.
Vor der Haustür blieb sie stehen.
Drehte sich um.
Wir könnten doch morgen an den Strand gehen, sagte sie.

Ich konnte nicht schlafen.
Jetzt mochte sie mich doch bestimmt, oder?
Sie war so schön.
Noch schöner, als ich sie in Erinnerung gehabt hatte.
Die Sommersprossen in dem kleinen Gesicht.
Die weißen Zähne, wenn sie lächelte.
Die Lippen, die ich so gerne geschmeckt hätte.
Ich lag wach und stellte sie mir vor.
Wir fuhren auf einer Vespa durch Rom.
Wir aßen Pizza und Spaghetti im Restaurant.
Abends besuchte sie einen Sprachkurs, während ich in unserer Wohnung saß und Gedichte schrieb.
Am Wochenende fuhren wir an den Strand und schwammen im warmen Wasser.
Lagen im Schatten unter einem Sonnenschirm.
Bevor wir ins Bett gingen, durfte ich Kjersti beim Ausziehen zusehen.
Am nächsten Morgen wurde ich wach, als Mutter draußen den Motor anließ.
Sie war auf dem Weg zum Krankenhaus.
Wieder ohne mich zu fragen, ob ich mitkommen wolle.
Diesmal war es mir eigentlich egal.

Ich war mit Kjersti verabredet.
Ich stand auf und ging unter die Dusche.
Verbrachte viel zu viel Zeit vor dem Spiegel.
Fand meine Haare zu lang.
Kratzte mich unter dem Kinn, der Bartwuchs war immer noch spärlich.
Ich hob die Arme und betrachtete die Haare in meinen Achselhöhlen.
Mein Körper war so schmächtig, überhaupt keine Muskeln.
Ich aß zwei Scheiben Brot und trank etwas Milch.
Ich ging ins Wohnzimmer und machte zwanzig Liegestütze.
Blieb auf dem kalten Fußboden liegen.
Gegen zwölf radelte ich zum Strand.
Kjersti war schon da. Sie saß im Bikini auf einem Handtuch.
Als sie mich entdeckte, strahlte sie.
Los, du Faulpelz, wer zuerst im Wasser ist!
Sie rannte ins Wasser, während ich mir das T-Shirt über den Kopf zog und die Sandalen wegschleuderte.
Als sie drin war, kreischte sie.
Ich sprang hinterher.
Das eiskalte Fjordwasser schnitt mir in die Beine.
Ich machte die Augen zu und schwamm los.
Ich tauchte unter und öffnete die Augen.
Ich sah Kjerstis Füße und wollte danach greifen.
Dann verlor ich anscheinend die Orientierung.
Ich drehte mich, aber ich sah Kjerstis Füße nicht mehr.

Das Wasser war trübe und dunkel.
Hier wollte ich nicht bleiben.
Ich wollte wieder an Land.
Ich schluckte Wasser und bekam keine Luft.
Dann berührten meine Füße den Grund.
Ich tastete mich ans Ufer.
Spuckte Wasser.
Es fühlte sich an, als hätte ich den ganzen Fjord geschluckt.
Nach einer Weile konnte ich wieder ruhig atmen und legte mich auf den Rücken.
Mir war schwindlig.
Die Sonne wärmte meinen Körper.
Über mir tauchte ein Gesicht auf.
Glitzernd, sanft, schön.
Kjersti strich mir über die Wangen und die Stirn.
Sie fühlte sich so warm an.
Was ist passiert?, fragte sie.
Ich weiß nicht, antwortete ich.
Irgendwie habe ich die Kontrolle verloren.
Sie legte mir eine Hand auf die Schulter.
Mein Herz hämmerte.
Es hämmerte so sehr, dass es wehtat.
Es hämmerte so sehr, dass ich das Gefühl hatte, es wollte die Rippen, das Fleisch und die Haut durchschlagen.
Raus aus der Brust.
Ich hatte solche Angst um dich, sagte Kjersti.
Sie legte mir ihre Hände ums Gesicht.

Dann küsste sie mich.
Zuerst kurz.
Dann lang.
Sie hatte die weichsten Lippen der Welt.
Sie fühlten sich so warm an.
Und wonach schmeckte es, sie zu küssen?
Nach Sommer?
Nach Italien?
Nach Salzwasser an einem Sandstrand?
Nach schmelzendem Eis?
Oder eiskaltem Quellwasser, das Simon und ich auf unseren Bergtouren tranken?
Wir beugten uns zum Bach hinunter und tranken daraus.
Spürten, wie uns das Wasser in den Mund rann.
Wir tranken und tranken, weil es so gut schmeckte, so rein und klar und kalt.
Der Kuss schmeckte ganz anders.
Besser.
Er schmeckte nach warmem weichen Mädchenatem und warmen, weichen Mädchenlippen.
Mein Herz hämmerte so sehr, dass es wehtat.

Wir schoben unsere Fahrräder nebeneinander her.
Nachdem ich das ganze Fjordwasser wieder ausgespuckt hatte, fühlte ich mich besser.
Ab und zu blieben wir stehen und küssten uns.
Ich hätte gern für immer so dagestanden, nur mit ihr.
Mein Handy klingelte ein paarmal, aber ich hatte keine Lust ranzugehen.
Kjersti sah mich an: Vielleicht ist es was Wichtiges?
Ich sah nach. Meine Mutter hatte mehrmals versucht, mich zu erreichen.
Ich rief zurück.
Wo bist du?, fragte sie.
Ich war am Strand, antwortete ich.
Simon war aufgewacht.
Ganz plötzlich.
Vollkommen unerwartet.
Er hatte nach mir und Mutter gefragt.
Deshalb mussten wir uns beeilen.
Ich wusste auch schon, was ich ihm erzählen würde.

IM FRÜHLING

Ich lehnte mich an Simons Balkonbrüstung.
Unten auf der Kreuzung standen die Autos an der roten Ampel.
Beim Kiosk, wo Simon und ich manchmal einkauften oder Filme ausliehen, herrschte ein Kommen und Gehen.
Ich kehrte zurück in die Wohnung und machte die Balkontür zu.
Simon sagte, ich wünschte, ich wäre so wie du.
Er saß auf dem Sofa und trank eine Flasche Bier.
Sieh dich an, du bist so jung. Was du noch alles erleben wirst. Simon schüttelte den Kopf.
Ich würde alles dafür geben, so wie du zu sein, sagte er.
Aber ich wollte immer so sein wie du, sagte ich.
Simon grinste.
Das war früher, sagte er.
Als ich gesund war.
Jetzt bin ich ein Nichts.
Nur noch Haut und Knochen.
Guck mal!
Ich bin ein Fahnenmast, meine Haut hängt an mir wie eine Flagge.

Bald hängt sie nur noch auf Halbmast.
Du wirst aber nicht sterben, sagte ich.
Natürlich werde ich sterben, Henrik.
Ich muss doch ehrlich zu dir sein.
Was hast du denn gedacht?
Was für einen Quatsch hat dir deine Mutter erzählt?
Sie eiert herum und redet dummes Zeug.
Natürlich werde ich sterben.
Ich werde sterben!
Und weißt du, was das Schlimmste ist?
Dass ich nur noch darauf warte.
Das ist jetzt mein Leben.
Ich verbringe mein Leben damit, auf den Tod zu warten.
Weißt du, wie das ist?
Ich schüttelte den Kopf.
Am liebsten wäre ich gegangen.
Raus aus Simons Wohnung.
Weit weg.
Aber Mutter war beruflich unterwegs.
Ich sollte hier übernachten.
Ich hatte mich darauf gefreut.
Ein ganzes Wochenende abends lange aufbleiben.
DVDs und Chips.
Aber Simon war anders als sonst.
Er war wütend.
So hatte ich ihn noch nie erlebt.
Er war gar nicht mehr er selbst.

Diese Krankheit hatte ihn irgendwie umgekrempelt.
Was innen gewesen war, kehrte er jetzt nach außen.
Wie Donner.
Und Blitz.
Ich saß bei ihm im Wohnzimmer und wartete auf die Pizza im Ofen.
Es war Samstagabend und Mutter würde erst am nächsten Tag aus London zurückkommen.
Früher wäre es für mich das Aufregendste auf der Welt gewesen, bei Simon zu übernachten, in seiner Wohnung.
Vielleicht würde ein Freund von ihm vorbeikommen.
Vielleicht dürfte ich dann ein bisschen Alkohol trinken.
Und etwas duselig im Kopf werden.
Vielleicht würden wir auf den Balkon gehen und eine rauchen.
Der starke, bittere Geruch in der Nase.
Und vielleicht würden sie mir auch ein bisschen Snus geben.
Der schmeckte eklig, aber mir wurde so angenehm schwindlig davon, und dann musste ich grinsen.
Ich kicherte mich in den Schlaf.
Die Kopfschmerzen am nächsten Tag wären den Spaß wert.
Simon trank die Flasche leer.
Es war die vierte.
Sein Atem roch nach Bier.
Er hatte mir auch eine Flasche aufgemacht, aber ich hatte nur ein paar Schlucke genommen.

Mehr wollte ich nicht. Es war überhaupt nicht lustig, weil Simon so anders war.
Eigentlich bin ich schon tot, sagte Simon. Verstehst du das?
Ich werde niemals eine Freundin haben.
Ich werde niemals einen vernünftigen Job haben.
Keine vernünftige Wohnung.
Dabei wollte ich so viel reisen.
Und Geld verdienen.
Mir ein teures Auto kaufen.
Er stand auf und ging in die Küche.
Öffnete den Backofen und holte das Pizzablech heraus.
Simon stellte einen Teller vor mich auf den Wohnzimmertisch.
Isst du nichts?, fragte ich.

In dieser Nacht weinte ich.
Ich lag bei Simon auf dem Sofa und weinte.
Ich stellte mir vor, wie es sein würde, wenn er tot wäre.
Zu wem sollte ich gehen, wenn Mutter beruflich unterwegs war?
Wer sollte mich anfeuern, wenn ich ein Spiel hatte?
Mit wem sollte ich zelten gehen?
Am nächsten Morgen kam Simon ins Wohnzimmer.
Er setzte sich ans Fußende des Sofas.
Zuerst bemerkte ich ihn gar nicht.
Er bewegte sich lautlos.
Er war so dünn und zart.
Ich wachte erst auf, als ich das Zittern seines schmalen Körpers und das leise Schluchzen bemerkte.
Er hielt sich die Hände vors Gesicht.
Was hast du?, fragte ich.
Ich bin ein Idiot, sagte Simon.
Wie meinst du das?, fragte ich.
Ich betrinke mich und schnauze dich an.
Was ist bloß mit mir los?
Habe ich dir Angst gemacht?
Simon sah mich an. Tränen liefen ihm übers Gesicht.
Ein bisschen vielleicht, sagte ich.
Simon schüttelte den Kopf.
Das tut mir leid.
Ich habe es nicht so gemeint.
Ich bin nur gerade so am Boden.

Verstehst du das?
Es ist ja die Wahrheit.
Dass ich sterben werde.
Es ist so schwierig zu leben, wenn man weiß, dass man sterben muss.
Und dann betrinke ich mich auch noch und schnauze dich an.
Ist dir klar, wie daneben das ist?
Schon in Ordnung, sagte ich.
Nein, das ist überhaupt nicht in Ordnung.
Ich werde Mutter nichts davon erzählen, sagte ich.
Das kannst du ruhig machen.
Ich wollte nur sagen, dass es mir leidtut.
Du brauchst keine Angst vor mir zu haben. Das weißt du doch?
Ich nickte.
Simon legte mir die Hand auf die Schulter und stand auf.

Nach dem Frühstück saßen wir auf seinem kleinen Balkon und sahen auf die Straße hinunter.
Die Sonne kämpfte sich durch die dichte Wolkendecke.
Manchmal war Simon wieder er selbst.
Manchmal sah sein Gesicht wie früher aus.
Als wäre die Zeit zurückgedreht worden.
Er zündete sich eine Zigarette an, nahm einen Zug und war wieder er selbst: Als ob sein Körper für einen Augenblick vergaß, dass er krank war.
Es könnte doch sein, dass er wieder gesund wird, dachte ich.
Es könnte doch sein, dass das Blatt sich wendet.
Ich kenne solche Geschichten aus Zeitschriften, aus dem Fernsehen und vom Hörensagen.
Von Todkranken, die wider Erwarten geheilt werden.
Wieso sollte Simon nicht einer von ihnen sein?
Es war doch nicht ausgeschlossen, dass er zu denen gehörte, die Glück hatten.
Wie unsere früheren Nachbarn.
Die hatten mehr als fünf Millionen Kronen im Lotto gewonnen.
Sie zogen in eine bessere Gegend mit größeren Häusern und dickeren Autos.
War es etwa weniger wahrscheinlich, dass Simons Körper den Krebs besiegte?
Simon atmete Rauch aus.
Ich soll ja nicht rauchen, sagte er plötzlich.

Aber irgendetwas muss auch ich mir gönnen.
Dann grinste er.
Verfluchte Scheiße, ich rede wie ein alter Mann!

Ich war unten beim Kiosk gewesen.
Simon kam gerade aus dem Bad.
Er wischte sich den Mund ab.
Ich trug die Tüten mit den Einkäufen in die Küche.
Zigaretten habe ich nicht bekommen, sagte ich.
In Ordnung, sagte Simon.
Er nahm sich eine Flasche Cola und trank große Schlucke daraus.
Wir setzten uns an den Tisch.
Ich aß ein bisschen Schokolade.
Blätterte in der Zeitung.
Stellst du dir manchmal vor, wie es ist, tot zu sein?, fragte Simon.
Ob ich mir das vorstelle?
Ich überlegte, was Simon damit meinte.
Wieso sollte ich darüber nachdenken? Ich war doch gesund.
Nein, eigentlich nicht, sagte ich.
Und du?
Natürlich.
Und? Hast du Angst?
Nicht die ganze Zeit.
Manchmal macht mir der Tod keine Angst.
Manchmal beruhigt es mich, mir vorzustellen, dass ich bald sterbe.
Tot sein, vollkommen leblos und ruhig daliegen.
Nichts mehr wahrnehmen, nicht mehr denken.

Nur noch ein toter Körper unter der Erde.
Das kann doch so schlimm nicht sein.
Simon goss ein wenig Milch in den Kaffee.
Besser, als halbtot herumzulaufen und sich beschissen, hässlich, eklig und krank zu fühlen.
Ich friere die ganze Zeit.
Ich huste die ganze Zeit.
Mir ist dauernd schlecht.
Ich habe immer Hunger, kann aber nichts essen.
Ich habe Durst, aber je mehr ich trinke, desto mehr muss ich erbrechen.
Ich will nur rauchen, aber davon muss ich husten.
Nein, ich habe keine Angst davor, tot zu sein.
Vielleicht ist es schön, endlich seine Ruhe zu haben.
Obwohl ich noch jung bin.
Verstehst du das?, fragte Simon.
Ich nickte.
Ich hätte mir einen vernünftigen Job suchen sollen, sagte Simon.
Stattdessen habe ich herumgetrödelt und meine Zeit verplempert. Das war dumm von mir.
Ich hätte mir eine Freundin suchen sollen.
Heiraten.
Kinder kriegen.
Aber ich bin allein.
Nur ich, Simon, ohne Familie, ohne Job, sagte er.
Und trank die Cola aus.

Ich fand es schlimm, wenn er das so sagte.
Eigentlich hatte Simon niemanden außer Mutter und mir.
Es war mir noch nie aufgefallen.
So will ich ganz bestimmt nicht werden, dachte ich.
Ich wollte auf jeden Fall eine Familie haben.
Ich wollte Vater werden.
Ich, der keinen Vater hatte.
Wenn ich nicht mehr da bin, wird mich eigentlich niemand vermissen, sagte Simon.
Nach einer Weile hat man mich vergessen.
Ich nicht, sagte ich. Ich werde dich niemals vergessen.
Das weiß ich, Henrik.
Du wirst immer irgendwie zurechtkommen, sagte Simon.
Du hast deine Mutter.
Du hast Sverre, deinen besten Freund.
Außerdem bist du nicht so wie ich.
Du bist nicht so ein Feigling wie ich.
Weißt du, wovor ich Angst habe?, fragte Simon.
Nein?
Dass es wehtut.
Dass ich spüre, wie meine Kräfte schwinden.
Wie mein Herz stehen bleibt.
Langsam.
Nach und nach.
Ein Herzschlag aus dem Takt.
Dann wieder einer.
Dann eine Pause.

Dass ich daliege und auf den nächsten Herzschlag warte und denke, jetzt verschwinde ich.
Dass ich spüre, wie es sich anfühlt, wenn ich keine Luft mehr bekomme.
Dass ich merke, wie ich sterbe und erstarre.
Zu wissen, dass man jetzt nichts mehr tun kann.
Wenn es jetzt wehtut, kann mir niemand helfen.
Dieser Moment, in dem das Auge ins Leere blickt.
Ich habe Angst, dass der Augenblick des Todes so lange dauert, dass ich den Schmerz spüre.

Im Bus nach Hause schlief ich.
Ich träumte, ich säße neben Simon auf dem Sofa.
Er wandte mir den nackten Rücken zu.
So jämmerlich: die Haut nur eine dünne Hülle.
Knochen und Gelenke bohrten sich hindurch.
Simon saß vornübergebeugt.
Hörst du das, Henrik?
Ich schüttelte den Kopf.
Hörst du das nicht?, fragte er noch einmal.
Nein, sagte ich.
Horch, flüsterte er.
Leg dein Ohr an meinen Rücken.
Ich tat, was er sagte.
Mein Ohr an seinem Rücken.
Die warme, dünne Haut.
Auf einmal fühlte Simon sich so lebendig an.
Die lebendige, warme Haut an meinem Ohr.
Hörst du es jetzt?, fragte er.
Jetzt höre ich es, sagte ich.
Gurgelnde Geräusche aus dem Innern seines Körpers.
Dort rauschte sein Blut.
Und ganz tief drinnen, verborgen im dunkelsten Dunkel:
eine Melodie. Rhythmisch.
Plötzlich verstand ich.
Die Melodie erinnerte mich an das Tropfen schmelzender Eiszapfen.
Wassertropfen, die in eine Pfütze oder einen Bach fielen.

Jeder zarte Aufprall klang ähnlich, aber doch anders als die anderen.
Manche Töne dunkler, manche hell.
Ich wachte auf und sah aus dem Busfenster.
Rieb mir die Augen.
Ich dachte an den späten Winter, den Vorfrühling.
All die Klänge, von denen ich geträumt hatte.
Das Lebendige, das Echte im Innern von Simons Körper.
Warum muss etwas so Schönes sterben?
Warum kann das Herz nicht für immer schlagen?

IM SOMMER

Wir fuhren, so schnell es ging, ins Krankenhaus.
Diese Flure kannte ich in- und auswendig.
Ich erinnerte mich, dass ich getan hatte, als wäre Simon mein Vater.
Er holte mich vom Kindergarten ab.
Er trug mich auf seinen Schultern zum Laden, wo wir Süßigkeiten fürs Wochenende kauften.
Er zog mir den Schlafanzug an, putzte mir die Zähne und deckte mich zu.
Er half mir bei den Mathehausaufgaben.
Er zeigte mir, wie man flache Steine übers Wasser hopsen lässt.
Er war mein großer Bruder, mein Onkel und mein Vater.
Alles auf einmal.
Und jetzt lag er in einem Krankenhausbett und lächelte mich an.
Sein Blick war da und gleichzeitig weit weg.
Seine Augen sahen mich an, ohne mich zu sehen.
Bist du das, Henrik?, flüsterte er.
Ja, antwortete ich.
Komm her. Er winkte mich zu sich.

Ich ging ganz nah an sein Bett und kniete mich hin.
Ich fühlte seinen Atem in meinem Gesicht.
Ich erkenne dich fast nicht wieder. Es ist so schwer, dich anzuschauen, sagte er.
Aber ich bin es, Simon. Ich bin es.
Er nickte. Es war ganz still.
Simon wandte sich ab.
Er atmete schwer und schloss die Augen.
Weißt du was?, fragte ich.
Er gab keine Antwort, sondern atmete nur.
Als ob er seine ganze Kraft aufbringen müsste, um das eine zu schaffen: Luft holen und ausatmen.
Ich weiß, wie es schmeckt, Kjersti zu küssen.
Simon drehte sich zu mir um, sah mir in die Augen.
Er lächelte.
Wonach denn?, fragte er.
Es schmeckt nach Kjerstis Lippen und Kjerstis Atem, antwortete ich.
Besser als alles auf der Welt.

Mutter steckte Simon mehrere Kissen in den Rücken.
Er war weiß wie die Wand.
Die ausgehöhlten Wangen erinnerten mich an Meteoritenkrater.
Dunkle Löcher im Gesicht.
Bartstoppeln.
Das blaue Krankenhaushemd wie ein Meer.
Und mitten darin trieb Simons magerer Körper.
Mit geschlossenen Augen und abgespreizten Händen.
Ich wartete darauf, dass er die Augen öffnete, aufstand und Wasser spuckte.

Ich ging durch die langen Krankenhausflure.
Mutter war noch bei ihm, aber ich musste mal durchatmen.
Bei Simon wurde mir der Kopf so schwer.
So schwarz vor Augen.
Die Gardinen vor den Fenstern zugezogen.
Die Luft stickig.
Draußen war Sommer, drinnen bei Simon eine Jahreszeit ohne Farbe.
In meiner Hosentasche vibrierte das Handy.
»Sollen wir uns nachher im Café treffen?«, schrieb Kjersti.
Ich spürte, wie sich ein Grinsen auf meinem Gesicht breitmachte.
Sommerliche Wärme in meiner Brust.
»Ja«, schrieb ich möglichst unauffällig.
Mutter hatte gesagt, man müsse das Handy ausschalten.
Sonst könnten die vielen Geräte hier kaputtgehen.
Doch im Flur konnte ich es nicht lassen.
Ich brauchte eine Verbindung zur Außenwelt.
Einen Hauch Sommer.

Ich stand vor dem Café und wartete auf Kjersti.
Ich dachte: Wann ist man mit einem Mädchen zusammen?
Wenn sie dich geküsst hat?
Wenn sie deine Hände in ihre genommen und dir lächelnd in die Augen gesehen hat?
Und du mit ihr an einem Sommerabend im Regen stehst und alles um euch herum verschwindet?
Straßen, Häuser, Bäume und Straßenlaternen.
Es gibt nur noch sie und dich.
Und wenn du alt bist, wirst du an diesen Augenblick zurückdenken, der alles war:
Im Regen ihre Hände halten.
Und du dastehst und dich fragst, ob sie jetzt deine Freundin ist.
Du stehst da und hoffst, dass die Zeit stehen bleibt.
Dass sie deine Hände hält, bis es dunkel ist.
Und dir, wenn sie dich wieder loslässt, ins Ohr flüstert:
Jetzt sind wir zusammen.
Oder wird es anders sein?
Wenn die Hände auseinandergleiten und sich im nächsten Moment wiederfinden.
Wenn sie den Kopf an deine Schulter legt.
Und du sie umarmst.
Und wenn du gehen musst, streckt sie die Hände nach dir aus und gibt dir einen Kuss.
Eigentlich willst du nicht gehen.

Du stehst die ganze Nacht hier draußen und denkst an alles, was du nicht verlieren willst.
Wir setzten uns an einen freien Tisch.
Kjersti fragte mich, was ich wolle, und ich sagte:
Das Gleiche wie du.
Sie lächelte dieses Lächeln, das sie lächelt, wenn sie nicht weiß, was sie sagen soll.
Dieses Lächeln, das ihr Zeit verschafft, um nach Worten zu suchen.
Wenn sie ihr einfallen, sieht sie erleichtert aus.
Magst du Kaffee?, fragte sie.
Ich weiß nicht, antwortete ich, eigentlich habe ich Kaffee noch nie probiert.
Ist das wahr? Wieso nicht?, fragte sie.
Weiß ich nicht, sagte ich.
Dann teilen wir uns einen, sagte Kjersti, aber du musst bestimmen, was wir essen.
Einfach so mit einem Mädchen, in das du verliebt bist, in einem Café sitzen.
Ich trank aus derselben Tasse wie sie.
Milchschaum und bitterer, säuerlicher Kaffeegeschmack.
Ich tat, als würde es mir schmecken.
Wir teilten uns ein Baguette.
Gemeinsam gingen wir die Straße zum Kai hinunter.
Dort standen wir und hielten uns in den Armen.
Wir betrachteten die Fischerboote und die Nussschalen mit den Anglern drin.

Ein paarmal hatte ich das Gefühl, Simon stünde in einem der Boote.
Verschwitzt und mit nacktem Oberkörper.
Er versuchte, die Fische anzulocken.
Es ist seltsam, sagte ich.
Was denn?, fragte Kjersti.
Wie glücklich und traurig man gleichzeitig sein kann.

Sverre ließ den Motor an.
Das Boot wankte, als er sich vom Kai abstieß.
Die Sonne blendete mich.
Ich schmiegte mich an Kjersti, die in ihrer Schwimmweste fast versank.
Ihre Locken wehten im Wind.
Wenn Simon jetzt hier wäre, dachte ich.
Wenn Simon sehen könnte, wie schön Kjersti aussieht.
Wenn Simon jetzt hier wäre, würde er merken, dass Kjersti nur meinetwegen mitkommt.
Gestern habe ich ihn besucht.
Ich stand in seinem Zimmer und betrachtete die blinkenden Apparate, die seine Herzschläge zählten.
Jedes Mal, wenn sein Herz schlug, leuchtete etwas auf.
Simon trank etwas Wasser aus einem Strohhalm.
Seit meinem letzten Besuch war er wieder ein bisschen mehr eingefallen.
Er erinnerte mich an die Väter im Märchen vom Aschenhans und dem siebenten Vater im Hause.
Wenn ich kam, sah er jedes Mal älter aus. Und kleiner.
Bald würde er in ein Horn an der Wand passen.
Mutter saß neben ihm auf der Bettkante.
Ich dachte, sie zerquetscht ihn gleich.
Sie wollte ihn dazu bringen, etwas zu sagen.
Aber Simon redete kaum.
Ich jedenfalls konnte nicht alle Laute verstehen, die er von sich gab.

Er stöhnte, hustete und keuchte.
Ein Ja oder Nein hätte ich vielleicht verstanden.
Oder etwas, das an diese einfachen Worte zumindest erinnerte.
Das war nicht mehr Simon.
Sondern eher ein Toter.
Kaum mehr als ein röchelndes Wrack.
Das nur noch darauf wartete, dass auch das Herz endlich begriff, wie aussichtslos die Lage war.
Ich traute mich nicht ganz in seine Nähe.
Wollte lieber Abstand halten.
Sehnte das Ende des Besuchs herbei, wünschte mich weg.
Aber Mutter wollte so lange bleiben, wie man sie ließ.
Bis die Krankenschwestern kamen und sagten, Simon brauche jetzt Ruhe.
Wozu sollte er sich ausruhen?
Bald hatte er für immer seine Ruhe.
Als wir zu Hause waren, musste ich eine Runde joggen.
Alles vergessen, was mich an das Krankenhaus erinnerte.
Denkst du an Simon?
Kjersti legte ihre Hand auf meine.
Beugte sich zu mir herüber und küsste mich auf die Wange.
Ich nickte und versuchte zu lächeln.
Ich hatte mir geschworen, so wenig wie möglich an ihn zu denken, wenn ich mit ihr zusammen war.
Was geschehen würde, war sowieso unvermeidlich.
Ich konnte nichts dagegen tun.

Trotzdem konnte ich es nicht lassen.
Vor einer kleinen Insel machten wir fest und gingen an Land.
Sverre sprang zuerst aus dem Boot und knotete den Tampen um einen kleinen Baum.
Er half Kjersti.
Sie kicherte, als ihr Kleid nach oben rutschte.
Sie ging vor uns her.
So leichtfüßig.
Als würde sie über den Boden schweben.
Sverre stieß mich in die Seite.
Mach doch auch mal was.
Ich versuche es ja, sagte ich.
Im Boot hast du fast kein Wort gesagt.
Ich weiß.
Soll ich mich vielleicht den ganzen Abend um deine Freundin kümmern?
Ich schüttelte den Kopf. Plötzlich brannten meine Augen.
Wir standen am Wasser und angelten ein bisschen. Dann zündeten wir den Einweggrill an.
Kein Fisch biss an, nicht einmal bei Sverre.
Er fluchte und regte sich auf. Kjersti lachte.
Ist vielleicht auch besser so, wenn wir keinen Fisch fangen. Dann brauchst du nicht mit anzusehen, was für ein Feigling dein Freund ist.
Ach, sagte Kjersti. Bist du etwa ein Feigling?
Er traut sich jedenfalls nicht mehr, tote Fische anzufassen.

Ich erwiderte nichts darauf. Am liebsten wäre ich zu Sverre gegangen und hätte ihm gesagt, er solle die Schnauze halten.

Ich mag Feiglinge, sagte Kjersti.

Dann küsste sie mich.

Es roch nach Grillkohle und die Sonne wärmte immer noch.

Und das war im Moment am wichtigsten.

Zu spüren, wie warm und schön alles war.

Wie lebendig.

Kjersti küsste mich noch einmal. Ganz lange.

So lasse ich es mir gefallen, ein Feigling zu sein, sagte ich.

Sverre hielt seine Bierdose hoch und nickte.

Recht hast du, sagte er und grinste.

Auf dem Rückweg kuschelten Kjersti und ich uns aneinander.
Ich wärmte sie und ihre Haare kitzelten mich an der Stirn.
Ich habe über etwas nachgedacht, flüsterte sie.
Worüber denn?, fragte ich.
Soll ich dich mal zu Simon begleiten?
Der Gedanke war mir auch schon gekommen, aber ich war mir nicht sicher, ob Kjersti Lust dazu hatte.
Ich wusste auch nicht, was Mutter von der Idee hielt.
Schließlich bot Simon keinen schönen Anblick.
Noch atmete er aus eigener Kraft und war sogar hin und wieder ansprechbar, aber er selbst war er nicht mehr.
Ich frage meine Mutter, sagte ich, und Kjersti lächelte.
Sverre fuhr langsam.
Als wir uns dem Ufer näherten, begann es zu regnen.
Ich zog meinen Pulli aus und legte ihn Kjersti um.
Ich konnte nichts dagegen tun, dass mich das wieder glücklich machte.

Der Donner dröhnte in meinen Ohren.
Wir rannten vom Kai zu Sverre nach Hause.
Klitschnass standen wir dort im Flur und grinsten uns an.
Sverres Mutter brachte uns Handtücher.
Jeder bekam einen Bademantel.
Wir setzten uns ins Wohnzimmer.
Dann fiel der Strom aus.
Wir spielten im Kerzenschein Karten.
Einige Male glitt Kjerstis Bademantel auseinander und ich konnte ihre Oberschenkel sehen.
Die Haut sah so glatt, so weich, so warm aus.
Ich konnte mich gar nicht mehr erinnern, wann ich zuletzt Karten gespielt hatte. Wenn, dann musste es auf dem iPad gewesen sein.
Mein Handy klingelte, Mutter war dran.
Sie wollte wissen, wie ich das Gewitter überstanden hatte.
Ich erzählte ihr, dass wir bei Sverre waren.
Ein Blitz ließ den Himmel aufleuchten.
Kurz danach donnerte es.
Ich mochte Gewitter nicht besonders.
Aber in dem Moment machte es mir nichts aus.
Ich wollte nur noch mit Kjersti zusammen sein.
Mit ihr ganz allein.
Sie umarmen.
Und mit der Hand über ihre warmen, weichen Schenkel streichen.

Am nächsten Morgen stand ich vor Mutter auf.
Ich kochte Kaffee.
Ich holte Brötchen.
Wie an früheren Wochenenden.
Bevor das alles passierte.
Es schmeckt gut, sagte Mutter.
In letzter Zeit habe ich kaum gegessen.
Nur ein bisschen von dem Zeug im Krankenhaus.
Ich schaffe es irgendwie nicht, mich mal in Ruhe hinzusetzen.
Verstehst du das?
Ich nickte.
Ich bin nicht ganz ich selbst, sagte Mutter.
Ich bin nicht ganz da, sagte sie.
Ich weiß nicht, welcher Tag heute ist, sagte sie.
Donnerstag, sagte ich.
Ich denke nur an Simon, sagte sie.
Vom Aufwachen bis zum Einschlafen.
Er ist die ganze Zeit in meinem Kopf.
Ich weiß nicht, wie ich es ausdrücken soll, aber …
Aber ich habe irgendwie Angst, er könnte sterben, wenn ich nicht mehr an ihn denke.
Als hielten ihn meine Gedanken am Leben.
Wenn ich ihn für einen Augenblick vergesse, hört sein Herz auf zu schlagen.
Und darüber habe ich dich ganz vergessen, Henrik.
Schon in Ordnung, sagte ich.

Nein, das ist überhaupt nicht in Ordnung, wir haben doch
noch gar nicht über Kjersti geredet.
Mutter grinste.
Wir sind zusammen, sagte ich.
Sie will mich ständig sehen.
Es ist kaum zu glauben.
Ich freue mich so für dich, sagte Mutter.
Sie scheint ein nettes Mädchen zu sein.
Irgendwann muss ich mich mal mit ihr unterhalten.
Wenn alles ruhiger geworden ist.
Wenn ich wieder ich selbst bin.

Auf dem Fußballplatz traf ich Sverre und ein paar andere Leute.
Es tat mir gut, mich zu bewegen.
Meine Muskeln zu spüren.
Hinterher ging ich mit Sverre zum Bus.
Auf dem Rückweg schickte ich Kjersti eine Nachricht.
Ich schrieb, Mutter und ich kämen auf dem Weg zum Krankenhaus bei ihr vorbei.
Ich duschte und aß etwas.
Kjersti stand vor ihrem Haus.
Setzte sich neben mich auf die Rückbank.
Mutter redete nicht viel während der Fahrt.
Im Krankenhaus ging sie in die Cafeteria.
Sie sagte, wir sollten alleine gehen.
Kjersti und ich standen an Simons Bett.
Es roch nach schwerem Atem und schwitzigen Händen.
Die Sonne schien durch einen Spalt zwischen den Vorhängen.
Beschien sein mageres, eingefallenes Gesicht.
Jemand hatte ihn gewaschen, rasiert und gekämmt.
Noch hob und senkte sich seine Brust.
Luft strömte durch die schmalen Nasenlöcher.
Die Bettdecke war zur Seite geschlagen.
Da lag er.
So dünn.
Als hätte er alles Fleisch und Fett ausgeschwitzt.
Ich merkte, dass Kjersti am ganzen Körper zitterte.

Sie bedeckte ihr Gesicht mit den Händen.
Willst du gehen?, fragte ich.
Sie nickte.
An der Tür drehte ich mich um und sah ihn an.
Für einen Moment schien er die Augen zu öffnen.
Ich blieb stehen und ging zu ihm zurück, aber da waren seine Augen geschlossen.
Hast du mich gesehen, Simon?, fragte ich, bekam aber keine Antwort.
Ich blieb noch ein bisschen bei ihm.
Hoffte, dass er die Augen noch einmal aufmachen würde.
Aber er war in diesen tiefen Schlaf gesunken.
Langsam zog ich mich zurück und stand schließlich im Flur.
Kjerstis Augen waren rot. Sie hatte die Arme verschränkt.
War es schlimmer, als du erwartet hast?, fragte ich.
Nein, sagte sie.
Nein?
Er sieht dir nur so ähnlich.

Ich hielt Kjerstis Hand fest.
Wir saßen auf einer Bank vor dem Krankenhaus.
Ein junges Mädchen fuhr in einem Rollstuhl an uns vorbei.
Kjersti legte ihren Kopf auf meine Schulter.
Ich roch an ihrem Haar.
So sauber, so weich.
Kjersti legte ihre Hände um mein Gesicht.
Starrte mich an.
Als wollte sie sich mein Aussehen einprägen.
Für den Fall, dass sie mich nie wiedersehen würde.
Dann zog sie mich an sich und küsste mich.
Sie hielt inne und sah mich wieder an.
Lächelnd.
Plötzlich gruselte ich mich vor dem Herbst.
Vor der Kälte, vor strömendem Regen und vereisten Straßen.
Würde ihr Haar dann anders riechen?
Würden ihre Lippen anders schmecken?

Wir spielten Badminton im Garten.
Sverre, Kjersti und ich.
Mutter warf den Grill an.
Ein leichter Nieselregen kühlte uns ab.
Nach dem Essen fuhren wir zu Kjerstis Cousine.
Sie machte eine Party.
Kjersti in einem dünnen kurzen Sommerkleid.
Die braun gebrannten Schenkel, die nackten Schultern.
Der schmale Nacken sichtbar, weil sie ihre Haare zu einem Zopf geflochten hatte.
Bevor wir hineingingen, hielt ich sie fest und küsste sie.
Zuerst auf den Mund und dann ihren Nacken.
Kjersti kicherte und zuckte ein bisschen.
Jetzt kommt schon. Steht da nicht so rum und knutscht, rief Sverre.
Er wollte endlich rein und nach Mädchen Ausschau halten.
Kjersti hatte ihm erzählt, dass ihre Cousine Cecilie seit Kurzem wieder Single war.
Vor dem Herbst braucht sie unbedingt noch einen Sommerflirt, fand Kjersti.
Es waren mehrere Leute aus meiner Klasse da.
Laute Musik und Limo mit Alkohol drin.
Um Bier machte ich einen Bogen, weil es mich an Simon erinnerte.
Von der Musik wurde ich ganz duselig im Kopf.
Kjersti schleifte uns zu Cecilie und stellte mich als ihren Freund vor.

Sverre strich sich durchs Haar und unterhielt sich mit ihr.
Kjersti wollte auf die Tanzfläche.
Los komm, Henrik, jetzt mach schon!
Sie tanzte gut. Arme, Hände, alles war in Bewegung und die ganze Zeit sah sie mich an.
Und lächelte.
Ein tanzendes Mädchen lächelte mich an.
Mein Mädchen.
Sie legte die Arme um mich und zog mich an sich.
Ich spürte ihre Zunge an meiner.
Ihr zarter schmaler Körper schmiegte sich an meinen.
Diese Wärme in ihrem Mund.
Ich konnte ihr Herz fühlen.
Wie lebendig sie in meinen Armen war.

Allmählich merkte ich den Alkohol, das Gehen fiel mir schwerer.
Ich holte Kjersti und mir noch etwas zu trinken.
Im Vorübergehen sah ich Sverre ganz dicht neben Cecilie.
Er war immer so selbstbewusst.
Er wusste immer, was zu tun war.
Das gefiel mir und gefiel mir nicht.
Sverre war nie nervös, zweifelte nie.
Er redete nicht um den heißen Brei und setzte meistens seinen Willen durch.
Nie war er um eine Lösung oder einen Vorschlag verlegen.
In seinem Leben schien nichts schwierig.
Vielleicht war es an der Zeit, dass ich ein bisschen wurde wie er?
Ich schenkte noch mehr Punsch in die Gläser und ging zurück zu Kjersti.
Sie tanzte allein im Garten.
Ich bin gleich wieder da, ich gehe nur etwas holen, sagte ich zu ihr.
Sie nickte mir zu.
Sie hatte ihren Zopf aufgemacht.
Weich umrahmte das braune Haar ihr Gesicht.
Wie Wasser.
Ich blieb kurz stehen und sah sie an.
Wie schön du bist, dachte ich.

Als ich zurück zu der Party kam, tanzte Kjersti immer noch im Garten.
Ich ging zu ihr und legte meine Hände auf ihre Hüften.
Hallo, wo warst du? Sie küsste mich.
Komm, ich habe eine Idee, sagte ich.
Was denn für eine?, fragte sie und kicherte.
Das ist eine Überraschung.
Ich warf einen Blick auf meine Uhr, wir mussten den letzten Bus erwischen.
Wo fahren wir hin, fragte mich Kjersti an der Bushaltestelle.
Warte es ab, antwortete ich.
Wir stiegen ein und kuschelten uns in die letzte Reihe.
Wir lächelten uns an, flüsterten uns etwas ins Ohr und küssten uns.
Eine halbe Stunde später waren wir da.
Wo sind wir?, wollte Kjersti wissen.
Hier wohnt Simon.
Ich habe zu Hause den Schlüssel zu seiner Wohnung geholt.
Dürfen wir da einfach reingehen?, fragte Kjersti.
Na klar, sagte ich.
Wir gingen die Treppe hinauf und öffneten die Tür.
Im Wohnzimmer legte Kjersti die Arme um mich.
Sie strich mir über die Stirn.
Küsste mich auf den Mund.
Legte meine Hand auf ihren Po.
Ich wünschte, das alles würde niemals aufhören.

Am nächsten Morgen erwachte ich in Kjerstis langem weichem Haar.
Es roch nach Sommerwärme.
Sie schlief noch und atmete ganz leise.
Ich stand vom Sofa auf, mein Rücken tat weh.
Ich hatte einen unangenehmen Geschmack im Mund.
Ich hatte vergessen, wie leer es in der Wohnung war.
Jedes Geräusch erzeugte ein Echo.
Als sehnte sich die Wohnung nach Lärm.
Ich dachte: Jetzt bin ich in deine Welt eingedrungen, Simon.
Hier hast du gelebt.
In diesem Schneckenhaus.
Diese Wände haben dich vor Kälte geschützt.
Diese Fenster haben dir Licht gespendet.
Dieser Fußboden hat jedem deiner Schritte standgehalten.
Dieses Bett trug dich durch die Lüfte, wenn du von all den Dingen träumtest, die du nicht erreicht hast.
Ach, könnte ich noch einen Tag mit dir hier verbringen.
Könnte ich doch auf dem Sofa übernachten und am nächsten Morgen von dir geweckt werden.
Könnte ich mir doch einen Bademantel anziehen und mit dir auf den Balkon gehen.
Ich würde dir beim Rauchen und beim Grinsen zusehen.
Du würdest dir durchs Haar streichen.
Du warst mein Bruder.
Warst mein Onkel.

Mein Vater.
Wärst du beinahe ertrunken, hätte ich dich gerettet.
Du hättest mich für den Rest meines Lebens wach halten dürfen.
Du hättest tagsüber auf unserem Sofa schlafen können.
Hauptsache, mir wäre noch ein einziger Tag mit dir vergönnt gewesen.
Du bist nicht hier, du bist nicht weg, und trotzdem vermisse ich dich.
Ich habe ein hämmerndes Herz, das keine Ruhe geben will.
Immer wenn ich an dich denke, steigt mein Puls in die Höhe.
Manchmal sind meine Träume so real, dass ich glaube, du wärst hier.
Du würdest neben mir sitzen.
Oder vor mir stehen.
Du schlotterndes Gerippe.
Ich ging auf den Balkon.
Auf den Campingstühlen lagen noch die Cowboyhüte.
Ich nahm den einen in die Hand und setzte mich.
Hinter der grauen Wolkendecke blitzte der blaue Himmel hervor.
Die Welt da draußen war längst erwacht.
Wie oft hatten Simon und ich hier gesessen.
Wir ließen uns Zeit beim Frühstücken, wenn es am Abend vorher spät geworden war.

Allmählich kamen wir wieder in Gang, wurden die Köpfe wieder klar.
An diesem Morgen war es plötzlich kühler als im bisherigen Sommer.
Bald würde ich in die Oberstufe kommen.
Ich hatte mich darauf gefreut.
Bald war ich erwachsen, bereit für die Welt.
Ich betrachtete den Cowboyhut und merkte plötzlich, dass meine Hände zitterten.
War ich zu weit gegangen?
Durfte ich Kjersti eigentlich hierher mitnehmen?
Simon war doch noch nicht tot.
Warum tat ich also, als wäre er es schon?
Hinter mir öffnete sich quietschend die Balkontür.
Vor mir stand Kjersti mit verwuscheltem Haar.
Fest eingewickelt in die Bettdecke.
Halb verdeckt von der Tür.
Sie wirkte ein wenig unsicher, schüchtern.
Ist es okay, wenn ich dusche?, fragte sie.
Sie biss sich auf die Unterlippe.
Ich nickte.
Handtücher sind in der Kommode auf dem Flur, sagte ich.
Durch die Balkontür sah ich ihren Rücken.
Ihr schmaler Körper bewegte sich aufs Badezimmer zu.
Ich musste lächeln.
Hätte es Simon nicht gefallen, dass ich mit so einem Mädchen zusammen war?

Doch, Simon wäre stolz auf mich gewesen, weil Kjersti meine Freundin war.
Ich blieb sitzen und lauschte dem Wasser im Bad.
Es erinnerte mich an starken Herbstregen.
In einer Kiste auf dem Balkon lag Simons Zelt.
Würde ich es schaffen, es ohne seine Hilfe aufzubauen?

Sie stand im schummrigen Licht und zog sich an.
Slip, BH, Sommerkleid.
Ihre Wangen waren leicht gerötet, sie holte eine kleine Bürste aus der Tasche.
Damit strich sie sich immer wieder durchs Haar.
Hin und wieder sah sie mich mit einem vorsichtigen Lächeln an.
Hier, sagte ich und reichte ihr Simons Cowboyhut.
Ist der für mich?, fragte sie.
Setz ihn doch mal auf, sagte ich.
Wir gingen ins Bad und betrachteten uns im Spiegel.
Kjersti lächelte.
Er ist viel zu groß, sagte sie.
Sie küsste mich und sagte: mein Cowboy.
Dann klingelte das Telefon.
Der Herbst war gekommen.
Mit hämmerndem Herzen.

IM HERBST

Simon.

Manchmal habe ich das Gefühl, dass er vor mir steht.
Manchmal ist es, als wäre er noch hier.
Würde hier rumschleichen und mit Mutter reden.
Oder auf allen vieren krabbeln und mit mir spielen wie früher.
Im Krankenhaus hatte er keine Kraft und keinen Herzschlag mehr.
Er sah durchsichtig aus: sein schlafendes Herz ruhte sich hinter der Lunge und den schneeweißen Rippen aus.
Ich hatte Lust, sein Herz zu packen.
Die Hand in seinen Brustkorb zu stecken.
Und nach dem faulen Muskel zu greifen.
Fest zuzudrücken, immer wieder.
Damit das Herz wieder schlug.
Damit es wieder pulsierte.
Und Simons Körper mit Blut versorgte.
Doch er blieb durchsichtig wie ein totes Meer.

Ich bin zum ersten Mal alleine mit Simon.
Ich sitze an seinem Bett.
Ich bin du, Simon.
Ich bin kreidebleich im Gesicht.
Ich weiß nicht, ob ich atme oder nicht.
Ich liege reglos hier im Bett.
Ich bin kalt.
Ich bin frisch gewaschen.
Ich bin du, Simon.
Ich liege hier und denke, ich bin tot.
Ich weiß nur, dass ich hier liege.
Ich kann nichts tun, außer hier zu liegen.
Alles andere habe ich vergessen.
Ich liege ganz still.
Habe keine anderen Gedanken, außer hier zu liegen und die Zeit verstreichen zu lassen.
Es ist fast, als würde ich schweben.
Als würde ich kaum das Bett berühren.
Jemand hat mich gewaschen.
Der Waschlappen war warm und roch gut.
Es war schön, als mir das Gesicht gewaschen wurde.
Die spröden Lippen über den gelben Zähnen.
Jetzt liege ich nur da.
Mein Körper trocknet.
Ist es so, tot zu sein, Simon?
Fühlt es sich so an, nicht mehr auf der Welt zu sein?
Liegt man so da und fühlt, wie die Zeit vergeht?

Als würde man sich auflösen?
Ist es so, wenn man tot ist, Simon?
Ist es da, wo du jetzt bist, so?

Der Wald ist wie eine geöffnete Hand mit gekrümmten Fingern.
Sverre und ich tragen Cowboyhüte.
Kjersti geht vor uns her.
Im Regen werden ihre Haare strähnig.
Sie sehen aus wie Algen, aber sie riechen nach Äpfeln und Tannennadeln.
Hier ist es, sage ich.
Hier wollen wir das Zelt aufbauen.
Ich habe die Stelle wiedererkannt.
Wo Simon und ich übernachtet haben.
Der kleine plätschernde Bach.
Das Moos auf der Erde.
Hilfst du mir? Ich sehe Sverre an.
Ich habe das noch nie gemacht, aber wir schaffen das schon, sagt er.
Es dauert eine Weile, bis das Zelt steht.
Wir machen uns jeder ein Bier auf.
Im Regen schmeckt nichts so gut wie Bier, sagt Sverre.
Im Laufe des Abends klart es auf.
Kjersti und ich halten uns in den Armen.
Wir liegen in einem Schlafsack.
Wir werden uns niemals auflösen.

Liebe und Verrat im Schatten der Mauer

Grit Poppe
Schuld
Einband von Henry's Lodge.
368 Seiten. Klappenbroschur.
Ab 14 Jahren.
ISBN 978-3-7915-1634-9

Die 15-jährige Jana lebt mit ihren linientreuen Eltern in der DDR und ist verliebt, in Jakob. Aber ihre Eltern verbieten ihr den Umgang mit Jakob. Sie nennen ihn, der sagt, was er denkt und dessen Familie einen Ausreiseantrag gestellt hat, einen Staatsfeind. Jana ist verzweifelt – umso mehr, als Jakob plötzlich inhaftiert wird. Jana vermisst ihn und macht sich Vorwürfe: Wurde Jakob verraten? Und trägt sie am Ende die Schuld daran?

»Eine Geschichte, die unter die Haut geht und gelesen werden sollte, von Jugendlichen und Erwachsenen, in dieser Zeit des Vergessens und Verdrängens.« *[Susanne Schädlich, DIE ZEIT]*

DRESSLER

Auch als E-Book erhältlich.
Weitere Informationen unter: ***www.dressler-verlag.de***